Herbert W. Richard

*Ein Hund ist auch nur ein Mensch
– aber der Bessere!*

Bibliografische Information der Deutschen Nationalbibliothek: Die Deutsche Nationalbibliothek verzeichnet diese Publikation in der Deutschen Nationalbibliografie; detaillierte bibliografische Daten sind im Internet über dnb.d-nb.de abrufbar.

TWENTYSIX – der Self-Publishing-Verlag Eine Kooperation zwischen der Verlagsgruppe Random House und BoD – Books on Demand

© 2019 Herbert W. Richard

Herstellung und Verlag: BoD – Books on Demand, Norderstedt

ISBN: 978-3-7407-1628-8

Ein Buch mit illustren Hundegeschichten, die uns den Hund als liebenswerten Begleiter und Freund des Menschen näher bringen.

Die Geschichten sind zum Schmunzeln und zeigen dem Leser wie vielfältig die Fähigkeiten unserer Hunde sind.

Inhalt

1. Kapitel

Das Wunder der Weihnacht.

Es war in der Woche vor Weihnachten und es hatte kräftig geschneit; alles war unter einer weißen Schneedecke.

Herr und Frau Maier saßen, wie fast jeden Abend, im Kaminzimmer und genossen den Feierabend vor dem flackernden Kaminfeuer. Herr Maier blätterte in der Tageszeitung, Frau Maier strickte einen Pullover, den der kleine Enkel Pablo zu Weihnachten bekommen sollte. Zu Füßen des Hausherrn lag, lang ausgestreckt, der Dackel Waldemar, der verschlafen in die Flammen des Kamins blinzelte. Ab und zu kraulte Herr Maier Waldemar das Rückenfell, was Waldemar mit eifrigem wedeln der Rute, bestätigte.

Eigentlich war es ein Abend wie viele Abende zuvor. Frau Maier lächelte zufrieden ihrem Mann zu und dachte gedankenverloren: „Ach wie gemütlich wir es doch haben".Plötzlich sprang Dackel Waldemar auf, rannte zur Türe und fing eifrig zu bellen an.

„Na Waldemar, was ist los?" rief Herr Maier erschrocken.

Waldemar kratzte an der Türe und sprang erregt an ihr hoch, als ob im Flur ein Wolf wäre. Herr Maier, der Herr des Hauses, stand auf und öffnete die Türe. Waldemar sauste wie ein geölter Blitz zur Haustüre. Sein Bellen hatte jetzt die Höchstgrenze des für Menschenohren erträglichen Maßes erreicht.

Frau Maier stand hinter ihren Mann und sprach mit warnender Stimme: „Es wird doch kein Einbrecher im Haus sein?"„Quatsch, du mit deinen Krimis".

Beherzt öffnete er die Haustüre, zwischen seinen Beinen stürmte Waldemar in den Vorbau und wedelte kräftig mit seiner Rute.

„Hallo, wen haben wir denn hier?" rief Herr Maier, als er den alten bärtigen Mann auf der obersten Treppenstufe sitzend sah.Waldemar ließ sich, was völlig ungewöhnlich war, von dem Fremden den Rücken kraulen.

„Hallo mein Freund", murmelte der Fremde leise und kraftlos. Waldemar gab keine Ruhe, bis Frau Maier den alten Mann in die Küche geführt und ihm einen heißen Tee eingeschenkt hatte. „Es ist so kalt heute Abend und ich hatte Unterschlupf in ihrem Vorbau gesucht", flüsterte der Fremde. „Verzeihung, dass ich störe".

Unterdessen hatte sich Waldemar vor den Füßen des Fremden gemütlich gemacht und beäugte diesen mit sichtlichem Wohlbehagen. Herr und Frau Maier tischten dem alten Mann noch eine warme Suppe auf und das Schnitzel, das heute Mittag übrig geblieben war.Der verzehrte alles in kürzester Zeit, graulte sich den Bart und murmelte „Vergelts Gott, Vergelts Gott!".

Dann stand er auf und bedankte sich noch einmal.

„Jetzt muss ich aber weiter", sagte er und ging zur Türe.

Herr und Frau Maier hatten noch ein paar Brote eingewickelt und gaben sie als Wegzehrung mit.

Als sich die Eingangstüre hinter dem Fremden schloss, meinte Frau Maier mitleidig:" Ach, es gibt doch wirklich arme Menschen". Welches Schicksal wird sich wohl hinter diesem alten Mann verbergen?" Herr Maier hatte seine Beine auf dem Hocker gemütlich hochgelegt und antwortete: „Ja, zu Weihnachten gibt es viele Menschen die einsam und auch hungrig sind". Eine viertel Stunde später fragte Frau Maier, nachdem sie aus der Küche ein paar Weihnachtsplätzchen brachte, „Wo liegt der Waldemar denn eigentlich? "Hier ist er nicht, aber vielleicht liegt er wieder mal im Esszimmer". „Nein, da war ich schon", antwortete Frau Maier.

Nun begannen beide Waldemar im ganzen Haus zu suchen. Der aber blieb, trotz eifrigem rufen, verschwunden und tauchte auch am nächsten Morgen nicht auf.

„Er ist mit dem Fremden mitgegangen", stellte Frau Maier mit weinerlicher Stimme fest.

Beide saßen nun Abend für Abend am Kamin und schauten voller Trauer in die Flammen. „Oh Gott, gib uns doch unseren Waldemar zurück", flehte Frau Maier und weinte.

Weihnachten war im Hause Maier diesmal ein trauriges Fest und kein noch so schönes Geschenk konnte sie erfreuen. Die Monate vergingen, kein Waldemar war in Sicht. Traurig waren die Abende im Hause Maier.

Als eines Abends Herr Maier entschlossen zu seiner Frau sagte: „Er kommt nicht mehr, wir sollten uns einen neuen Hund anschaffen". sprang diese wütend auf und rief erregt: „Es kommt mir kein anderer Hund ins Haus!". Erschrocken zuckte Herr Maier zusammen und rollte sich auf dem Sofa zusammen, fast so wie der Dackel Waldemar es immer gemacht hatte.

Als das Jahr sich zu Ende neigte und das Weihnachtsfest sich näherte, saßen Herr und Frau Maier abends vor dem Kamin. „Ach Liebling", sagte Herr Maier, jetzt ist es fast ein Jahr her, das Waldemar verschwunden ist"." Ich hoffe er lebt noch", seufzte Frau Maier und nickte ihm zu. Nachdem sie so eine Stunde mit lesen und stricken, schweigend verbracht hatten, sprang Herr Maier plötzlich auf.

"Hast du das gehört? Da ist doch etwas an der Haustüre!". „Ach was, das bildest Du Dir nur wieder ein", entgegnete Frau Maier. „Nein, nein, so hör doch", rief Herr Maier und rannte zur Haustüre, die er mit einem Ruck weit aufriss.

Zwischen seinen Beinen zwängte sich bellend ein kleiner, zotteliger Hund in den Flur, sprang freudig an ihm hoch, leckte seine Hände ab und lief schnurstracks ins Kaminzimmer und sprang dort Frau Maier auf den Schoß.

„Mein Gott, mein Gott es ist ein Wunder geschehen", rief sie freudig erregt als sie ihren Dackel Waldemar erkannte. Herr Maier sagte ganz leise mit Tränen in den Augen: „Ja, ja es gibt noch das Wunder der Weihnacht"!

2. Kapitel

Der mit dem Wolf tanzt.

Der Labradorrüde Hektor lebte auf einem großen Anwesen in Brandenburg, das direkt am Waldrand gelegen war.Das ca. 5 ha große Anwesen war komplett eingezäunt.

Nachts wurde Hektor frei gelassen und bewachte das gesamte Gelände.Näherte sich jemand dem Zaun, dann wurde er von ihm so lange verbellt bis ein Hausbewohner sich um die Angelegenheit kümmerte.

Wenn Hektor nachts auf dem Grundstück unterwegs war, dann konnte er auch das Heulen der Wölfe hören, die in Brandenburg wieder heimisch waren.

Eines Tages wurde es Hektor langweilig. Immer nur am Zaun entlang laufen, füllte ihn nicht mehr aus.Er grub sich einen Durchschlupf an der hintersten Zaun Ecke und entfleuchte in den Wald um dort herum zu stöbern.

Morgens, bevor es hell wurde, kehrte er immer wieder unbemerkt zum Hausgrundstück zurück.So machte Hektor nun täglich, besser gesagt nächtlich, seine Entdeckungstouren.

Dabei folgte er auch dem Heulen der Wölfe und machte dabei die Bekanntschaft einer jungen Wölfin, die sich für ihn interessierte.Nach eifrigem Belecken ihrer Schnauzen und anderen Liebesbekundungen, kam dann was kommen musste, der Liebesakt der fast die ganze Nacht wiederholt wurde.

Trunken und beseelt von der Liebe kehrte Hektor in dieser Nacht nicht zu seinem Zuhause zurück.

Am Vormittag vermissten ihn die Hausbewohner und suchten das gesamte Gelände ab und stießen auf den Durchschlupf am Zaun.

Nachdem die Liebesaktivitäten sich etwas gelegt hatten, kehrte Hektor in sein

9

heimisches Anwesen zurück wo er schon erwartet wurde und sich unliebsame Worte, wie „Straüner", oder „Köter" anhören musste.Das Schlupfloch wurde dicht gemacht und so geschlossen, sodass es für unseren liebestollen Hektor kein Entkommen mehr gab!

Seine Gespielin, die junge Wölfin suchte zwei Nächte nach ihm, bis sie dann endlich am Zaun angekommen war.Getrennt vom Zaun konnten beide leider keine Aktivitäten mehr entwickeln.

Hektor wartete dann viel Tage und Wochen vergebens. Seine Freundin ließ sich nicht mehr blicken.Als er sie schon fast vergessen hatte, hörte er eines Nachts komische Geräusche und ein Piepsen am Zaun. Es war seine Freundin, die Wölfin, die vier Welpen im Schlepptau hatte.

Drei sahen aus wie richtige Wolfswelpen und einer mit braunem Fell, ähnelte Hektor als er klein war.Als sich alle durch den Zaun hindurch beschnuppert und die Schnauzen geleckt hatten, ging am Haus eine Außenlampe an und Hektor wurde gerufen.

Die Wolfsfamilie ergriff sofort die Flucht und ist nie mehr an diesen Ort zurückgekehrt.

Hektor wartete vergeblich, trauerte noch viele Monate und träumte oft von seiner Familie, die er nie mehr wieder sah!

3. Kapitel

Flug mit Zwischenlandung

Herr und Frau Müller war ein kinderloses Ehepaar, das seinen Urlaub gerne unter Palmen und am blauen Meer verbrachte.Jedes Jahr flogen sie deshalb in die Ferne und genossen dort ihren Urlaub.

Frau Müller indes fühlte sich in ihrem Haus etwas einsam und wollte mehr Leben um sich herum. Eines Tages bekam sie von ihrer besten Freundin den Tipp sich doch einen kleinen Hund anzuschaffen.

Gesagt, getan!

Von einem bekannten Züchter erwarben sie einen süßen Langhaarteckel mit adeligen Namen: „Milo von der Landskrone" hieß er und machte dem Ehepaar viel Freude.Tägliche Spaziergänge und die Ausbildung des Dackels zum gehorsamen Begleithund bereicherten die Tage.

Im ersten Jahr durfte Milo das Ehepaar noch nicht in den Flugurlaub begleiten. Er wurde zur Freundin von Frau Müller gebracht und wartete dort traurig auf die Rückkehr von Herrchen und Frauchen.

„Im nächsten Urlaub kommt er mit." War deshalb die klare Ansage von Frau Meier.Als dann der Urlaub auf Lanzarote im Februar herannahte, wurde eine spezielle Hundebox für den Flug angeschafft.

Dort in dieser Box sollte Milo sicher im Transportraum des Flugzeuges den Flug überstehen.Nach dem Start in Frankfurt machte der Airbus eine Zwischenlandung in Cran Canaria und hob wieder ab in Richtung Lanzarote.

Dort ging das Ehepaar Müller zu dem Ausgabeschalter um ihren Liebling samt Box in Empfang zu nehmen.Nach längerer Wartezeit wurde ihnen vom Personal der Airline erklärt, das keine Hundebox angekommen sei.Es wurde Ihnen versprochen, dass sie sofort Nachricht erhalten würden, wenn die Box samt Hund auftauchte.

Es vergingen Tage, bis die endgültige Information kam, dass keine Hundebox mit ihrem Flug angekommen sei.

Es herrschte nun große Trauer und der Urlaub machte dem Ehepaar keine Freude mehr.Nach Rückkehr in ihre Heimat benötigten sie noch Monate um dieses tragische Ereignis zu vergessen.

Im nächsten Jahr ging ihre Reise nach Cran Canaria. Dort in Maspalomas genossen sie die Palmen und den wunderschönen Sandstrand.

Als sie in der zweiten Urlaubswoche beim Sonnenuntergang über die Promenade von Meloneras schlenderten, sahen sie wie ein kleiner Hund ihnen entgegen kam, der sich bei näherem Hinsehen als ein Langhaarteckel entpuppte.

Nachdem der Dackel immer näher kam und auf sie freudig mit der Rute wedelnd zulief, rief Frau Müller:" Mein Gott, das ist doch unser Milo!"Wahrhaftig es war Milo, der ihre Hände freudig ableckte und auch am Hosenbein von Herrn Müller hochsprang!

Ein Mann, der eine Leine in der Hand hielt ,rief: „Hierher, bei Fuß!"

Herr und Frau Müller erklärten dem Fremden die Sachlage und erfuhren von ihm, dass vor knapp einem Jahr der Dackel am Flughafen Las Palmas ohne Transportpapiere in der Ankunftshalle gefunden wurde und er sich später als Dackelliebhaber um den Hund gekümmert habe.Der Mann, der als Deutscher in Cran Canaria lebte, hatte sich mit Milo bestens angefreundet und er war dankbar ihn in seinem Bungalow als Mitbewohner bei sich zu haben.

Nach einem gemeinsamen Abendessen, beschlossen die Müllers, dass Milo nun nicht noch einmal enttäuscht werden dürfte und deshalb für immer bei seinem neuen Herrn bleiben sollte, unter der Bedingung, dass er ihnen ab und an Bilder von ihm per WhatsApp senden soll.

So ging dieses tragische Geschehen doch noch gut aus und Milo verbrachte ein glückliches Hundeleben auf der Insel Cran Canaria!

4. Kapitel

Das Hundepaar

Die Mischlingshündin Olga war ein besonders begabter Hund, der allerlei Kunststücke vorführen konnte und der sein Herrchen Paul, der allein lebte, in vielerlei Dingen unterstützte.

So ging sie jeden Morgen zum nah gelegenen Kiosk und holte für ihn die Tageszeitung, die sie in seinem Fang transportierte.Morgens, punkt neun Uhr, weckte er sein Herrchen durch eifriges Bellen, was er an Wochenenden aber unterließ!Auch beim Bäcker kannte man den Hund bestens, da er jeden Tag drei Brötchen in einer Plastiktüte nach Hause brachte.Wenn er unterwegs dem Postboten begegnete nahm er außerdem noch die Briefe für sein Herrchen in Empfang.

Olga war also eine unentbehrliche Kraft im Hause seines Herrchens, der sich voll auf sie verlassen konnte!

Eines Morgens jedoch, wartete Paul vergebens auf die Brötchen und die Zeitung. Olga kam gegen Nachmittag zurück, jedoch mit Anhang!

Ein stattlicher Golden Retriever –Rüde wartete vor der Türe, den sie in einem Liebesabenteuer wohl kennen und lieben gelernt hatte.Nachdem die Haustüre geöffnet war, folgte der Rüde Olga ins Wohnzimmer wo der Hundekorb stand.Beide nahmen darin Platz als ob sie ewig zusammen gewesen waren.

In den nächsten Tagen wurde die Partnerschaft der beiden immer enger und alle Botengänge wurden von nun an gemeinsam erledigt.

Dann kam was kommen musste….Olga bekam Junge!

Paul richtete ihr eine Wurfecke ein und eines Nachts ging es los und vier gesunde Welpen kamen auf die Welt.Die Freude im Haus war groß und beide Eltern samt

Herrchen kümmerten sich um den Nachwuchs.

Der Hundepapa musste nun alle Botengänge von Olga übernehmen, die sich der Aufzucht der Welpen voll widmete.

Nachdem diese zehn Wochen alt waren, wurden sie an Freunde und Bekannte abgegeben und fanden so ihr neues zuhause.

Olga und ihr Freund, der Golden Retriever aber, blieben bis an Ihr Lebensende im Haus zusammen!

5. Kapitel

Der Schaufensterhund

Pudel sind nicht nur elegante Hunde, die man sehr modisch frisieren kann, sie sind auch gute Kameraden des Menschen und waren auch einmal hervorragende Jagdhunde, was man heute ihnen aberzogen hat.

Die Betreiber einer schicken Boutique hatten einen besonders eleganten Pudel auf den sie sehr stolz waren. Er wurde zu allen Gelegenheiten präsentiert und durfte sein Frauchen auch zu Modeschauen begleiten.Dort wurde er als Rassehund, der schon viele Preise gewonnen hatte, ganz besonders beachtet und trug damit zum Ansehen von seinem Frauchen in der Modewelt mit bei.

Wenn sein Frauchen in der Boutique beschäftigt war, lag der Pudel immer im Schaufenster und wurde von allen

Fußgängern, die den Laden passierten, beachtet.

Sogar die heimische Presse hatte von ihm berichtet und ein Bild von ihm veröffentlicht.

Eines Tages besuchte eine gute Freundin die Botiquebesitzerin und brachte ihren Zwergteckel mit, der sich mit dem Pudel sehr gut verstand.Als die beiden Damen in der Mittagspause ein naheliegendes Cafe`aufsuchen wollten, ließen sie die beiden Hunde in der Boutique zurück.

Nach knapp zwei Stunden verließen sie gesättigt das Cafe`und gingen zurück.Schon von weitem sahen sie die Menschenmenge die vor dem Schaufenster der Boutique sich versammelt hatten.„Die bestaunen bestimmt unsere Hunde." meinte die Besitzerin.

Doch als sie näher kamen, da sahen sie das Malheur. Die Hunde hatten suchen und nachlaufen gespielt und dabei die gesamte

Dekoration und die Ausstellung der teuren Modelle heruntergerissen.Die Menschen verfolgten das Nachlaufspiel der beiden Hunde mit Anfeuerungsrufen und amüsierten sich offensichtlich hervorragend dabei.

Die Begeisterung der beiden Damen indes hielt sich deutlich in Grenzen und die Zeit des Pudels als Schaufensterhund war damit für immer beendet!

6.Kapitel

Coco fährt Straßenbahn.

Katja absolvierte zwei Auslandssemester in der Stadt Saragossa in Spanien.

Als sie an einem sonnigen Nachmittag durch die Straßen bummelte, begegnete ihr ein junger Hund, der wie ein Deutscher Schäferhund aussah.„Niedlich dieser Hund" dachte sie und erinnerte sich an die Hunde in ihrem Elternhaus, die dort zu ihrem täglichen Leben gehörten.Nachdem sie aus einem Geschäft herauskam bemerkte sie, dass der junge Hund ihr folgte und als sie den Eingang ihrer Studentenwohnung erreichte, war er immer noch da.

Eine Stunde später kam ihr Mitbewohner in die Wohnung und erzählte ihr von einem Hund der vor der Haustüre sitzt.„ Der ist sicher herrenlos, der Ärmste! Wenn er vom Ordnungsamt eingefangen wird, dann bekommt er nach einer Woche die Todesspritze verabreicht!"

Katja war ganz entsetzt und beschloss den Hund zunächst mal für eine Woche in ihrer Wohnung aufzunehmen.

Coco, wie sie ihn nannte, eroberte durch sein angenehmes Wesen sofort die Herzen der Studentenschaft.Nach einem halben Jahr ging der Studienaufenthalt zu Ende und Katja konnte sich nicht mehr von dem klugen und anhänglichen Hund trennen und nahm ihn in einer großen Hundebox mit nach Deutschland.

Ihr Vater, der sie am Airport Frankfurt abholte, war sehr überrascht von diesem „Mitbringsel", der nun der vierte Hund im Hause war.

Coco vertrug sich mit dem Dackel, dem Dobermann der ihre Schwester vorübergehend im Elternhaus „geparkt" hatte und freundete sich mit der Gebirgschweißhündin ganz besonders schnell an, so dass beide unzertrennlich wurden.

Der Hausherr, der auch eine Jagd gepachtet hatte, merkte schnell, dass es Coco immer langweiliger wurde und er dringend eine Aufgabe brauchte.Er beschloss deshalb den guten Spanier, wie er ihn nannte, bei Nachsuchen, die er mit der Gebirgschweißhündin machte, mit anzulernen.

Coco bewies dabei, dass ein großes Talent in ihm, dem Schäferhundmischling, steckte.anfangs wurde er noch von den Nachbarjägern belächelt, später aber sprachen alle mit Hochachtung von Coco dem Schweißhund!

Einen Nachteil hatte das Ganze, man konnte ihn im Wald nicht mehr frei laufen lassen.Er kam immer mit einer blutbefleckten Schnauze zurück.

Coco hatte darüber hinaus viele Talente. Er liebte das Wasser sehr und alles was man in den Waldsee hineinwarf apportierte er an Land, natürlich auch erlegte Enten!

Außerdem hatte er ein sehr gutes optisches Orientierungsvermögen. Als er einmal im Waldrevier ,dass ca. drei Kilometer entfernt war , ausbüchste und alle ihn erfolglos suchten, da fand er völlig ohne Hilfe zum Haus zurück, obwohl er die Strecke nur von der Fahrt aus dem Autofenster kannte!

Leider ging diese schöne Zeit dann zu Ende als Katja und ihr Freund nach Berlin zogen und Coco dorthin mitnahmen.Bei allen Bewohnern des Hauses inklusiv der Hunde, herrschte große Trauer.

In Berlin lebte er in einer kleinen Wohnung, aber Katja und ihr Freund fuhren jeden Tag mittels der S-Bahn in den Grunewald wo Coco sich austoben konnte.Manches Mal machte er sich dabei selbständig und kam erst nach Stunden zurück.Einmal dauerte die Rückkehr so lange, sodass Katja ohne ihn zurückfahren musste.Nach drei Stationen war sie am Ziel und erzählte dem Bahnhofspersonal von der Suchaktion. Sie alle kannten inzwischen Coco sehr gut und erhielten die Handynummer von Katja um ihr Nachricht geben zu können wenn Coco auftauchte.

Coco aber kam nach dem Ausflug zur S-Bahnstation zurück und stieg dort selbständig ein und setzte sich in ein Abteil.Nachdem die dritte Station erreicht war, stieg er dort wiederum selbständig aus und setzte sich auf den Bahnsteig um auf sein Frauchen zu warten, die ihn dann, nachdem der Bahnhofsvorsteher sie telefonisch verständigt hatte, dort abholte.

Eine Berliner Tageszeitung fand diesen Vorgang so interessant, sodass sie eine Reportage von Coco dem „S-Bahnfahrer" machten und er stadtbekannt wurde.

Da Katja und ihr Freund nun den ganzen Tag außer Haus waren, suchten sie ein neues zuhause für ihn, das sie auch schnell fanden.Eine Altenbetreuerin übernahm ihn und setzte ihn als Hund im Altenheim ein.

Dort war er über Jahre ein beliebter und hochangesehener Unterhalter der Heimbewohner.

Katja erhielt immer wieder schöne Bilder, die Coco bei seiner Betreuungsarbeit zeigten.

Eines Tages kam dann die traurige Nachricht das Coco mit knapp dreizehn Jahren gestorben sei.Alle die ihn kannten werden ihn nie vergessen!

Coco und seine Freundin Bella

7.Kapitel

Rettung im Bau

Bautz war ein Rauhaarteckel der jagdlich sehr passioniert war und jedem Jagdeinsatz regelrecht entgegenfieberte. Wenn es zur Jagd ging, war er nicht mehr zu halten und er hat so manches Wildschwein aus seiner Dickung herausgetrieben.

Aber wenn er nicht im Jagdeinsatz war, dann verhielt er sich, wie die meisten Hunde und war ein braver Familienhund. Tägliche Spaziergänge absolvierte er freudig und folgte den Kommandos von Herrchen und Frauchen.

Im Wald und auf der Flur jedoch musste man ihn anleinen um zu verhindern, dass er den Wildfährten folgte und sich selbstständig machte.Eines Tages machte Enkel Pablo einen Spaziergang mit ihm und vergaß den guten Bautz an zu leinen.Kaum hatten sie den Wald erreicht, nahm Bautz eine frische Fährte auf und war verschwunden.

Alles rufen und absuchen der näheren Umgebung brachte Bautz nicht zurück.

Dem Hilferuf von Pablo waren, am späten Nachmittag, die gesamte Familie und einige Freunde gefolgt.Alle suchten das Waldstück ab und verständigten sich per Handy.

Bautz aber blieb verschwunden und auch eine größere Suche am nächsten Tag endete erfolglos.Es wurde nun der Jagdaufseher, der dieses Revier betreute, verständigt.

Da die Dunkelheit schon hereinbrach verabredete man sich für nächsten Morgen.Punkt 8 Uhr traf sich das Suchkomando und der Jagdaufseher führte sie an den Rand einer Dickung in der ein großer Fuchsbau sich befand.Am Bau angekommen machte der Jagdaufseher eine Hundefährte aus, die in den Bau führte.

Nach eifrigem rufen des Namens von Bautz hörten sie ein leises Winseln und konnten die Stelle bald lokalisieren.

Eilig wurde Schaufeln und Spaten herbeigeholt und an dieser Stelle einen tiefen Einstich gemacht.Nach gut zwei Stunden konnten die Retter dann Bautz entdecken, der sich in einer Wurzel verfangen hatte.Mit einer Säge wurde die Wurzel auf einer Seite abgesägt sodass man Bautz herausziehen konnte.Gott sei Dank war Bautz wohlauf und hatte nur kleine Blessuren am Behang, die wohl von einem Kampf mit den Füchsen herrührte.

Anschließend wurden alle Helfer zu einem Umtrunk eingeladen und man feierte die gelungene Bergung von Bautz, dem passionierten Jagdhund.

8.Kapitel

Paartherapeut

Peter und Ellen hatte sich vor nun fast acht Jahren in einer Hundeschule kennengelernt.Peter war dort an Wochenenden als ehrenamtlicher Hundeausbilder tätig und Ellen war dort mit ihrer Mischlingshündin Flora zur Ausbildung.

Beide oder soll man sagen alle drei fanden sich von an Anfang an sympathisch und trafen sich auch außerhalb des Hundeplatzes in einem Café`.Mit der Zeit kamen sie sich immer näher, was offensichtlich der Hündin Flora auch gefiel.

Als sie dann nach einem Jahr heirateten und sich eine gemeinsame Wohnung suchten, waren Ehepaar und Hund unzertrennlich geworden.

Jeden Nachmittag nach Dienstschluss machten sie einen ausgedehnten Spaziergang mit der Hündin Flora.

Die Jahre vergingen und alle waren sehr glücklich. Dann aber im verflixten 7. Jahr ihrer Ehe, begann der Ehehimmel sich etwas zu trüben.Aus Kleinigkeiten entstanden Zank und Streit, der oft auch lautstark ausgetragen wurde.Wenn es besonders laut wurde verkroch sich Flora unter den Küchentisch und kam erst wieder hervor wenn sich beide wieder beruhigt hatten.

Auch die gemeinsamen Spaziergänge wurden immer spärlicher und Flora wurde, entweder von Frauchen oder von Herrchen. allein geführt zu den Spaziergängen.

Früher benutzte das Ehepaar diese ausgedehnten Spaziergänge für Diskussionen und zur Lösung ihrer täglichen Probleme.

Flora missfiel diese einseitige Zuwendung und eines Tages als Frauchen sie ausführen wollte, verweigerte sie sich und legte sich winselnd unter den Küchentisch.

Ellen zog Peter zu Rate .Kaum hatten sie mit dem Gespräch begonnen, kroch Flora unter dem Tisch hervor, schaute freudig zu beiden auf und wedelte eifrig mit der Rute.Nachdem beide die Leine ergriffen, ging Flora mit ihnen nach Draußen.Es blieb somit dem Ehepaar nichts anderes übrig als wieder täglich gemeinsam mit Flora spazieren zu gehen.

Bei diesen Spaziergängen kamen sie dann wieder ins Gespräch und ihre Eheprobleme wurden von Tag zu Tag und Woche zu Woche immer geringer, bis sie wieder verliebt waren wie früher.

So hatte Flora erfolgreich als Paartherapeut gewirkt und konnte damit die Familie zusammen halten!

9.Kapitel

Der Geburtstagskuchen

Der kleine Münsterländer Oskar und sein Herrchen Walter waren unzertrennliche Jagdkollegen.Ohne seinen Hund ging Walter nie zur Jagd und beide hatten viele gemeinsame Erlebnisse die sie verbanden.

Auch als Familienhund war Oskar sehr beliebt in der Familie und hatte ein tadelloses Benehmen.

Eine Schwäche hatten Oskar und sein Herrchen. Beide liebten Süßigkeiten über alles.Würde man nicht über einen Hund sprechen, so würde man sagen es sind Naschkatzen! Wenn Walter unterwegs ein Café sah, konnte er nur sehr schwer widerstehen.Ein   Stück Schwarzwälderkirchtorte oder Sachertorte, wurde dann so nebenbei mit großem Genuss verzehrt.

Als der 50. Geburtstag von Walter sich näherte, beschlossen deshalb seine Jagdfreunde ihm kein Jagdmesser oder ähnliches zu schenken, sondern ließen eine mehrstöckige Torte für ihn backen und von einem bekannten Konditor prächtig verzieren.Am Jubeltag wurde schon am Vormittag die prachtvolle Torte im Esszimmer mitten auf den Esstisch positioniert, mit den anderen Geschenken umgeben und das Zimmer verschlossen.

Nachdem die Jagdhornbläser ein Geburtstagsständchen gegeben hatten, wurde das Zimmer geöffnet und der Gefeierte durfte es betreten. Alle waren schon sehr gespannt und sahen nun etwas, das allen einen Aufschrei entlockte.

Oskar der brave Jagdhund saß mitten in der Torte, die er schon halb aufgefressen hatte und war vor lauter Sahne fast nicht zu erkennen.Walter stutzte erst verdutzt und brach dann in lautes Gelächter aus, in das alle Gäste mit einstimmten.

Aus der Ecke wo Oskar seine Hundeschnauze noch nicht eingesetzt hatte, konnte noch ein großes Tortenstück für das „Geburtstagskind" herausgeschnitten werden, welches er unter dem Beifall aller und dem gierigen Blick von Oskar, dann genussvoll verzehrte.

Merke: Lass nie einen Hund alleine am gedeckten Tisch!

10. Kapitel

Der Schlangenwarner.

Barbara und Herbert befanden sich auf Einladung von Günter und Gabi auf deren Farm in Namibia.Fast alle Antilopenarten lebten dort auf dem großen Farmgebiet.Besonders imponierend waren die großen Kudus und die Oryxantilopen mit ihren langen Hörnern.

Die Bewohner der Farm, mit fünfzehn einheimischen Familien, ernährten sich von der Viehzucht und dem Wildbret der Wildtiere.

In Dürrejahren, wie zurzeit, musste der Tierbestand reduziert und an das Nahrungsangebot angepasst werden. Herbert, der ein passionierter Jäger war, half dem Farmer beim Abschuss der Wildtiere.

Mit dabei war auch immer der Gebirgsschweißhund Rocky, den Günter aus

Deutschland mitgebracht hatte.Er leistete hervorragende Arbeit bei der Nachsuche.

Als sie wieder einmal jagdlich unterwegs waren und eine Gruppe Kuhantilopen anpirschten, blieb Rocky wie angewurzelt stehen und Günter rief:

:" Vorsicht eine Schlange vor uns!"

Tatsächlich schlängelte ungefähr zehn Meter vor ihnen eine drei Meter lange Speicobra, die sehr gefährlich ist und ihr Gift ihrem Opfer in die Augen sprüht.Erst als die Schlange sich entfernt hatte, nahm Hund Rocky wieder eine normale, lockere Haltung an.

Günter erklärte uns, dass es hier in Namibia sehr viele hochgiftige Schlangen gibt, wie zum Beispiel die Puffotter, die Baumschlange und die Speicobra und Rocky mit seiner besonderen Begabung eine Art Lebensversicherung ist.

Dabei hat Rocky das wohl in seinem Instinkt schon als Junghund gehabt und das ohne jegliches Training.Einige Tage später sollte diese Fähigkeit meine Frau vor einem Schlangenbiss bewahren, der vielleicht sonst ihr Leben bedroht hätte. Als sie am Abend in das Bad hineingehen wollte, stand dort Rocky wie angewurzelt und schaute starr in Richtung Toilette.Günter kam eilig herbei und stellte fest, dass in der Toilette eine Schlange lag.

Ohne die Warnung des Hundes hätte das eine tödliche Situation werden können.

Die Schlange war in das Haus eingedrungen, obwohl das gesamte Haus mit Schlangengitter gesichert war.

Meine Frau hat dann Rocky mit einer extra großen Portion Wurst belohnt und hat diesen braven und klugen Hund niemals vergessen.

11. Kapitel

Gefahrenabwehrverordnung

Mischlingshündin Elsa war eine hübsche und leichtführige Hündin, die für einige Rüden in ihrer Umgebung eine hohe Anziehungskraft und von daher viele Verehrer hatte.

Ihr Herrchen war ein sehr korrekter und guter Hundeführer, der seine frühere berufliche Tätigkeit als Beamter im Ordnungsamt nicht verleugnen konnte.Alles musste seine Ordnung haben und den Gesetzen und Verordnungen entsprechen.

Leider war er sehr früh verwitwet und deshalb manchmal etwas einsam. Umso mehr war seine Hündin Elsa seine engste Freundin und lenkte ihn durch ihre freundliche Art von seiner Einsamkeit ab.

Ihre gemeinsamen Spaziergänge waren allerdings nicht immer nur pure Entspannung.

Oft wurden am Bürgersteig geparkte Autos fotografiert und später angezeigt.Ebenso wurden Fahrradfahrer die sich auf reinen Gehwegen aufhielten zu Recht gewiesen und bei fehlender Einsichtigkeit auch schon mal angezeigt.

Diese Dinge berührten die Hündin Elsa nicht.Was sie allerdings gar nicht mochte, das er entgegenkommende Hundeführer generell aufforderte: „Bitte leinen Sie Ihren Hund an."Damit wurden hoffnungsvolle Kontakte mit Rüden die Elsa sehr gefielen, unmöglich und ein Beschnuppern oder mehr, gänzlich ausgeschlossen.

Beratungsresistente Hundeführer/-innen wurden unverzüglich belehrt und Elsa hörte immer dann das Wort „Gefahrenabwehrverordnung" in der das Anleinen von Hunden geregelt ist.Immer wenn sie diesen Begriff hörte, war jede Romanze ausgeschlossen.

Inbrünstig hoffte die hübsche Hündin auf eine Gelegenheit aus Ihrer Isolation auszubrechen.

Ihr Wunsch sollte dann in der Weihnachtszeit, in der die Menschen bekanntlich freundlicher gestimmt sind, in Erfüllung gehen.

Hin und wieder begegneten sie in letzter Zeit einer sehr ansehnlichen Dame mit einem Labradorrüden, der bei Elsa echte Sehnsucht und große Gefühle auslöste.Auf das Kommando „Leinen Sie Ihren Hund an" wartete sie vergeblich und auch die Gefahrenabwehrverordnung hörte sie in diesem Fall auch nicht.Elsa fiel auf, dass ihr Herrchen auch sehr freundlich mit dieser netten Dame sprach und ihr sehr freundlich zulächelte.

Kurz vor Weihnachten kam dann der Höhepunkt: Sein Herrchen lud die hübsche Dame samt ihrem Rüden in die Wohnung ein.Beide, Herrchen und Frauchen, aber auch Hündin und Rüde kamen sich so nahe, sodass eine nachwuchsverdächtige Situation entstand, die bei den beiden menschlichen Wesen zu einer späteren Ehe führte, die allerdings kinderlos blieb.

Bei Elsa kamen aber vier hübsche Welpen zur Welt!

Hier hatte die Gefahrenabwehrverordung nichts verhindern können!

12. Kapitel

Wenn ich mit meinem Dackel....?

Wein, Wein nur du allein sollst meine echte Liebe sein, das war der Wahlspruch von Klaus Brenner, der glücklich und zufrieden in einem bekannten Weinort in der sonnigen Pfalz lebte.Dort war er geboren worden und wuchs dort in dem Weingut seiner Eltern auf.Nach der Schule arbeitete er im Weingut und half auch seiner Schwester bei der Bewirtung der Gäste.

Vermutlich hätte er freiwillig nie diesen Ort verlassen wenn nicht die örtliche Feuerwehr einen Ausflug nach Köln gemacht hätte.Dort wurde Kölsch in großen Mengen genossen und sie wurden von einer sehr hübschen Kellnerin bedient, die unserem Klaus tief in die Augen schaute. Dabei war der Blick so innig und erfolgreich, dass sie nach neun Monaten heiraten mussten und kurz danach Sohn Peter geboren wurde.

Die gesamte Familie lebte nun im Weingut, wo die Ehefrau von Klaus die Rolle der Wirtin übernahm.

Neben Großeltern, Schwester und Enkel waren auch immer zwei Hunde im Hause Brenner.Ein Schäferhund der im Gut umherstreifte und mögliche Diebe abhielt und Olga die Langhaardackelhündin, die sich überwiegend im Haus und in der Gaststube aufhielt.

So vergingen die Jahre mit Weinernte und Wein in Flaschen abfüllen.Als die Eltern starben ging es um das Erbe.

Wer bekommt was?

Leider konnte sich Klaus Brenner mit seiner Schwester nicht einigen, sodass das gesamte Weingut verkauft wurde.Mit dem Erlös baute sich Familie Brenner ein kleines Haus am Ortsrand und mit dem Rest des Geldes setzte sich Klaus Brenner zur Ruhe.

Seine Frau indessen hatte sich in einen Gast verliebt und war wieder nach Köln gezogen.

Da der Schäferhund schon ein paar Jahre im Hundehimmel war und die Langhaardackelhündin an Altersschwäche litt, schenkte der Sohn seinem Vater einen süßen Kurzhaarteckel, der mit Klaus Brenner immer enger verbunden war.beide traten nur im Rudel auf und waren sich sehr zugetan.

So begleitete der Teckel, der Wölfchen genannt wurde, sein Herrchen auch jeden Tag in das Weinlokal das sich in der Ortsmitte befand.Dort hatte Klaus seine Skatrunde und auch mit Gästen, die im Weinort übernachteten, kam Klaus ins Gespräch.

Manchmal vergaß er dabei die Zeit und auch ein wenig das Maß beim Weingenuß.Wölfchen , der immer zu seinen Füßen lag, hatte entweder eine innere Uhr, oder er hatte die Wanduhr im Lokal im

Blick.Jedenfalls begann er pünktlich nach zwei Stunden sich bemerkbar zu machen und wenn Herrchen ihn ignorierte , zerrte er immer heftiger an dessen Hosenbeinen bis er endlich aufstand und sich auf den Heimweg machte.

Auf dem Weg herrschte eine klare Ordnung: Zuerst das Herrchen und dann einen Meter dahinter Dackeline Wölfschen.

Wenn ab und zu der Weingenuß zu groß gewesen und es schon dunkel war, dann übernahm Wölfchen die Führung und geleitete sein Herrchen sicher nach Hause.

Für die Einwohner des Ortes war das schon ein gewohnter Anblick und sie zwinkerten sich zu mit der Bemerkung in pfälzisch: „Doo kummense werer gewackelt"!

Dabei war nicht klar wer mehr wackelte- Dackel oder Herrchen.

13.Kapitel

Der Bergretter

Liesel war eine begeisterte Berggeherin und hat einige Alpenüberquerungen absolviert.Nebenbei hatte Liesel, die ein ausgesprochene Naturliebhaberin war, auch die Jägerprüfung abgelegt und , wie es sich für einen verantwortungsvollen Jäger/-in gehört, einen Jagdhund als Begleiter und Unterstützer bei der Jagd, angeschafft.

Den jungen Weimaraner Rüden, der bekanntlich zu den besonders eleganten deutschen Vorstehhunden gehört, bildete sie mit großem Eifer aus, und legte alle jagdlichen Prüfungen erfolgreich mit ihm ab.Bei den Jagden bewährte er sich als Vorstehhund, aber auch so manche Nachsuche auf krankes Wild, konnte erfolgreich beendet werden.Dabei kam dem Rüden sein besonders ausgeprägter Spürsinn zu Gute. Generell haben Hunde ein ausgeprägtes Riechorgan, welches eine fast vierzigmal größere Riechfläche hat als wir Menschen.

Wieder einmal war Liesel in den Tiroler Bergen zum Bergwandern unterwegs.Dabei war auch ihr Weimaraner, der sie nun auf fast allen Bergtouren begleitete.

Bevor sie zum Gebiet der Sella-Gruppe aufbrach, hörte sie im Tiroler Rundfunk, dass seit gestern eine deutsche Berggeherin in diesem Gebiet vermisst wurde, die trotz schlechtem Wetter eine Tour durch dieses Alpengebiet gemacht hatte und am Abend nicht zum Sella-Haus zurückkehrte.

Dort, am Parkplatz des Sella-Hauses begann sie ihre Tour und wollte mit ihrem Hund im mitgeführten Zelt, nach einer Übernachtung, dorthin wieder zurückgehen.

Nach drei Stunden wurde der Weg immer mühsamer, aber die Aussicht in dieser herrlichen Bergwelt, immer spektakulärer.In einer engen Kehre, mit steilem Abgrund, blieb der Weimaraner plötzlich stehen, hob die Nase gen Himmel, und nahm eine Vorstehhaltung ein.

Liesel glaubte zunächst er wolle pausieren, aber als er immer mehr in Richtung Wand zog, da wurde Liesel aufmerksam und ihr wurde klar, dass der Hund etwas anzeigte.Langsam gingen nun beide, in diesem zerklüfteten Gebiet, voran und Liesel folgte ihrem treuen Hund.Nach schweißtreibenden Vorrangehen, hörte Liesel plötzlich leise Rufe, denen der Weimaraner nun zügig entgegen lief.

Nach knapp zehn Minuten lag vor ihnen ein Rucksack, und ca. 100 Meter um einen Felsblock herum lag eine Frau, die kläglich um Hilfe rief und ein schmerzverzehrtes Gesicht hatte.Liesel stellte fest, dass die Verunglückte sich beide Beine gebrochen hatte und verständigte die Bergwacht, die einen Hubschrauber zur Rettung der Verletzten, einsetzte.

Die Retter erklärten, dass bedingt durch den großen Blutverlust, es eine Rettung in quasi letzter Minute war und sie dem Hund ihr Leben zu verdanken habe, also ein echter Bergretter war!

14.Kapitel

Der Papagei

In einer schönen Villa, direkt am Bodensee gelegen, wohnte ein gut situiertes Paar, das ihr Geld mit Immobilien verdiente.

Auf dem großen Grundstück war genügend Platz für eine Hundehaltung.So beschloss das Paar, Elsa und Paul Winter, sich einen Hund anzuschaffen.

Bei Ihren Spaziergängen waren sie des Öfteren einem großen, eleganten Hund mit mahagonirotem Haar begegnet, der ihnen sehr gefiel. Es war ein Irischer Setter und der Besitzer erklärte, dass der Züchter ganz in der Nähe war und Welpen abzugeben hätte.

Schon eine Woche später war einer hübscher Rüde in ihrem Haus und es begann für das Paar eine neue Zeitrechnung.

Zunächst wurde die Welpenschule besucht und dann Monate später begann die Hundeausbildung, die das Paar sehr ernst nahm; denn man wollte einen wohl erzogenen Hund an der Seite haben.Es war ein sehr gelehriger Hund, der die Kommandos „Bei Fuß", „Sitz" und „Platz" sehr schnell beherrschte.

Die Übungen wurden immer am Nachmittag auf der großen Rasenfläche absolviert, die ein weiterer Bewohner des Hauses, nämlich ein Papagei, sehr aufmerksam verfolgte.Der gelehrige Vogel konnte sich in mehreren Sprachen bemerkbar machen und prägte sich alles Gehörte schnell ein.So konnte er die Kommandos für den Setter sehr bald aufsagen.

Bei schönem Wetter stand sein Käfig auf der Terrasse, während der Hund sich im Garten vergnügte.

Eines Nachmittags, als das Ehepaar vom Einkaufen zurückkehrte, lag ihr Hund vor dem Käfig des Papageis und machte keinerlei Anstalten, wie üblich, zu ihnen zu kommen und sie zu begrüßen.

Stattdessen schaute er immer wieder hoch zu dem Papagei und als er sich erheben wollte, krächzte dieser „ Platz" und sofort machte der Hund brav wieder Platz.Nach einer gewissen Zeit kam dann vom Papagei das Kommando „Geh voran", was vom Setter sofort bereitwillig ausgeführt wurde.

Das Ehepaar Winter, welches das Ganze beobachtete, war verblüfft über die neue Partnerschaft, die sie sahen.

Nachdem der Hund sie begrüßt hatte und seine Streicheleinheiten bekommen hatte, lobte Frau Winter ihren Hund mit dem Kommando „Brav mein Hund, brav".Kaum gesagt schallte es vom Papagei „Hier bei Fuß " und prompt saß der liebe Hund bei seinem Mitbewohner, dem Papagei, der sofort das neu gelernte Kommando einsetzte und krächzte „ Brav mein Hund, brav"!

So hatte das Ehepaar Winter unfreiwillig einen neuen Ausbilder gewonnen, der sie bei der Hundeausbildung emsig unterstützte!

15.Kapitel

Der Frischling

Für den Jagdaufseher Robby und seinem Rauhaardackel Bautz, waren Nachsuchen auf verletztes und krankes Wild, eine fast tägliche Aufgabe. Dabei brauchte das Gespann oft Mut und auch große Ausdauer.

Oft ging die Suche durch unwegsames Gelände, Brombeerhecken und viele andere Hindernisse mussten überwunden werden.

Beide, Hund und Führer, waren inzwischen sehr erfahren und aufeinander eingespielt.

Als eines Morgens der Anruf der Polizei sie erreichte um ein Stück Schwarzwild, welches von einem Auto angefahren worden war, nach zu suchen, war es eigentlich wie immer.Aber...es sollte diesmal alles anders werden wie üblich.

Am Waldrand nahm Bautz die die Wundfährte auf und verfolgte sie bis zum ersten Wundbett.

Hier hatte das Wildschwein gesessen und das dort vorhandene Blut, oder wie die Jäger sagen „Schweiß", wies darauf hin, dass sie bald am Stück sein würden.

Aber das war ein Trugschluss!

Es ging noch fast drei Kilometer weiter, immer quer durch den Wald, rauf und runter und als Bautz immer unruhiger wurde, lag plötzlich das Wildschwein, es war eine Bache, verendet vor ihnen.

Gerade als Robby mit der Bergung beginnen wollte, gab Bautz kurz laut und kam aus dem nahen Dornbusch heraus und hatte etwas in seinem Fang.Robby wollte seinen Augen nicht trauen, es war ein ganz kleiner Frischling, den Bautz ganz vorsichtig und liebevoll vor ihn legte.

„Der gehört wohl zu der verendeten Bache" dachte Robby und nahm ihn mit in sein Jagdhaus.Dort transportierte Bautz den Findling ganz liebevoll in seinen Hundekorb und leckte ihn ab.

Nach Rücksprache mit dem Tierarzt wurde eine Milch gemixt, die mit einer Säuglingsflasche, nun täglich dem neuen Hausbewohner, verabreicht wurde.

Bautz nahm den kleinen Frischling wie einen Welpen aus eigener Rasse an und beide lagen vereint im Hundekorb, bis dann aus dem Frischling ein fast erwachsenes Wildschwein wurde.Auf dem eingezäunten Gelände des Jagdhauses bekam Sieglinde, wie das junge Schwein nun genannt wurde, eine Hütte indem es von nun an lebte.Beide, Hund und Wildschwein, blieben ein Leben lang, im Bereich des Jagdhauses zusammen und waren unzertrennlich!

16. Kapitel

Florian, der Vater aller Hunde.

Florian, ein hübscher Labradormischlingsrüde, von dem alle Hundedamen in einem dreihundert Seelen-Dorf im bayerischen Wald angetan waren, hatte den Vorteil sich frei im Ort bewegen zu können.Jeden Tag streifte er am Vormittag durch das Dorf und präsentierte sich stolz den Hundedamen, meist mit großem Erfolg.

Einem solch strammen Rüden konnten die Hündinnen nicht wiederstehen!

War eine der Verehrerinnen mal hinter einem Zaun eingesperrt, so machte Florian einen sportlichen Sprung darüber und machte der Hündin den Hof, bis sie sich dem Liebesspiel hingab.So wurde Florian der Casanova dieses kleinen, verschlafenen Dorfes im Bayernwald.

Die Liebesabenteuer blieben natürlich nicht ohne Ergebnis.

Übers Jahr bekamen fast alle Hundedamen Welpen, mal 4 oder auch einmal 6 an der Zahl.Diese niedlichen Welpen wurden dann an Nachbarn und die Verwandten in den umliegenden Dörfern abgegeben, in denen Florian und andere Rüden dann fleißig für weiteren Nachwuchs sorgten.

So wurde pö a pö der gesamte Landkreis mit Hunden bevölkert, bis er in Bayern die höchste Population von Hunden hatte.

Als die lokale Presse davon berichtete, kam man Florian, dem Urvater, auf die Spur.

Der Landrat und der Gemeinderat, befassten sich schließlich mit dieser Angelegenheit und man beschloss, dem Casanova Florian das Handwerk zu legen und ihn zu kastrieren.Dies geschah mit der Einwilligung des Hundehalters und gegen den ausdrücklichen Willen von Florian, der natürlich sein Werkzeug behalten wollte.

Danach wurde es deutlich ruhiger im Dorf und die Hundedamen sehnten sich zurück nach früheren Tagen, die für sie viel vergnüglicher waren.

Auch der liebe Florian wurde ruhiger und ein wenig träge, bis er dann die alten, schönen Tage aus seinem Hundegedächtnis strich.

In der Presse war einige Jahre später zu lesen, dass die Hundepopulation im Landkreis wieder auf ein Normalmaß zurückgegangen sei.

17. Kapitel

Das Zimmermädchen

Ehepaar Seidel war geschäftlich sehr oft unterwegs und übernachteten deshalb häufig in einem Hotel.

Da sie kinderlos geblieben waren, beschlossen sie eines Tages sich einen Hund als Familienmitglied anzuschaffen.Als sie dann auf einer ihrer Reisen einen Dalmatiner sahen, da wussten sie, nur ein solcher Hund sollte es sein.

Bei einem bekannten Züchter erwarben sie einen zehn Wochen alten Rüden, den sie mit viel Geduld und Ausdauer erzogen und ihn auf dem Hundeplatz Apell und Gehorsam beibrachten.

So gerüstet konnten sie den braven und hübschen Hund auch auf ihre Reisen mitnehmen.Er bekam viele Streicheleinheiten der anderen Hotelgäste und wurde sehr gelobt wegen seines guten Benehmens.

Anderen Hunden gegenüber verhielt er sich neutral und es gab keine Raufereien mit anderen Rüden.

Der Dalmatiner war also ein richtiger Vorzeigehund wie ihn sich jeder wünscht.

Wenn das Ehepaar Seidel einmal zu einem Geschäftstermin ohne Hund mussten, konnten sie ihn auch für zwei bis drei Stunden alleine auf dem Hotelzimmer zurücklassen.

Eines Tages checkten sie in einem 5-Sternen Hotel in Gent ein.Dort waren sie zum ersten Mal und der brave Hund musste sich noch an die neue Umgebung gewöhnen.

Am zweiten Tag ließen sie" Dalmi", wie sie ihn nannten, nach dem Frühstück im Zimmer zurück.Als sie um die Mittagszeit zurückkamen, war eine gewisse Aufregung in der Hotelhalle.Auf Nachfrage erklärte man ihnen, dass ein Zimmermädchen schon mehrere Stunden vermisst wurde und man kurz davor stehe die Polizei zu rufen.

Ehepaar Seidel fuhr mit dem Hotelaufzug in den fünften Stock und ging zu ihrem Doppelzimmer.

Als sie die Türe öffneten, hörten sie ein Knurren, das von „Dalmi" stammte und völlig ungewöhnlich war.

Was sie dann sahen war wie in einem Krimi!

„Dalmi" stand knurrend ca. zwei Meter vor dem vor Angst zitternden Zimmermädchen und hielt es in Schach.Zu Füßen des Zimmermädchens lag die wertvolle Armbanduhr, die Herr Seidel im Hotelzimmer vergessen hatte.

Mit einem kurzen und intensiven Kommando riefen sie den Hund zurück und er machte gehorsam Platz.

Das Zimmermädchen berichtete ganz aufgeregt was vorgefallen war.Sie war beim Aufräumen, als sie sah, dass die Armbanduhr vor dem Bett lag und wollte sie auf den Nachttisch legen.

Im selben Moment habe der Hund sie gestellt und sie knurrend auf der Stelle fixiert.

Dort hatte die Ärmste dann fast drei Stunden bewegungslos ausharren müssen.

Nach einer Entschuldigung und einem großzügigen Trinkgeld, durfte sie dann das Zimmer verlassen.

18. Kapitel

Der Spanier

Hugo war ein deutscher Pensionär, der sich einen Wohnwagen zulegte und damit viele Länder in Europa bereiste.

In Andalusien hatte er einen Standplatz gefunden, auf dem er die Wintermonate im sonnigen Süden verbrachte.Der Platz lag etwas abseits von der Stadt Tarifa und direkt am Meer.Die Camper kannten sich alle schon seit Jahren und bildeten eine große Familie.Gemeinsame Grillabende oder eine selbst gemachte Paella waren dort kleine Höhepunkte.

Die Campergemeinschaft hatte, neben dem spanischen Platzwart, auch drei Mischlingshunde angelockt, die, wie es leider oft in Spanien vorkommt, herrenlos waren.Sie wurden aber von der Gemeinschaft mit Nahrung versorgt, in erster Linie von Hugo, der ein ausgesprochener Hundefreund war.

Deshalb lagen die drei kleinen Mischlingshunde die meiste Zeit vor seinem Wohnwagen.Der größte von den dreien, hatte auf der Brust einen Ringförmigen weißen Streifen und man konnte ihn deshalb leicht von den anderen unterscheiden.Hugo nannte ihn „Streif" und wollte ihm gerne im Wohnwagen ein festes zu Hause bieten, da er sehr wachsam war und jeden ungebetenen Besucher mit lautem Bellen meldete.

Leider hatte „Streif" eine Abneigung gegen jegliche feste Behausung und büchste immer wieder aus.

Da hatte er eine Idee!

Er trug die beiden anderen Hunde in seinen Wohnwagen und gab ihnen dort zu fressen.„Streif" der alles neidisch beobachtete sprang dann in den Wohnwagen und vertrieb seine Kumpanen nach draußen.

Mit leichtem knurren legte er sich dann in den Eingang des Wohnwagens als wolle er sagen: „Hier gehöre ich hin!"

Eines Tages war Hugo dann am Ziel seiner Bemühungen. "Streif" blieb auch über Nacht im Wohnwagen und hatte dort sein Zuhause gefunden.

Er war darüber hinaus stets bemüht, seinem Herrchen zu Diensten zu sein und übernahm auch Botengänge für ihn. Brötchen und die tägliche Bildzeitung vom Kiosk holen, waren zur Routine geworden.

Eines Nachts begann er zu knurren und zu bellen und konnte sich nicht mehr beruhigen.Am Morgen war die Aufregung groß. Am Campingplatz.war in fast allen Wohnwagen eingebrochen worden, nur bei Hugo und den unmittelbaren Nachbarn nicht.

„Streif" war nun der Held am Campingplatz und Hugo bekam lukrative Angebote für die Überlassung von „Streif"

Hugo dachte nicht daran sich von seinem neuen vierbeinigen Freund zu trennen und nahm ihn am Ende der Campingzeit mit nach Deutschland.

Zur nächsten Campingsaison im November des nächsten Jahres, war der Spanier, wie „Streif" auch genannt wurde, wieder am Campingplatz in seiner Heimat.

Erfreulich war, dass auch seine Kumpane von Campern adoptiert wurden und so eine feste Heimat hatten.

19. Kapitel

Die Hammondorgel

Hans und Edeltrud hatten fast ihr ganzes Leben Hunde, die einen festen Platz in ihrer Familie einnahmen.

Felix, der Rauhhaardackel war ein hübscher und gerniger Rüde, der vor nichts Angst hatte.Selbst bei größeren Artgenossen hatte er sich Respekt und Akzeptanz verschafft. Dabei war er durchaus ein verträglicher Hund, der auch von daher gut zu führen war.

Im Wald und im freien Feld musste man ihn anleinen, da sonst seine Jagdpassion mit ihm durchging und er wilde Jagden begann.

Im Haus war er der King und hatte einen festen Platz auf dem Sofa, den er gegen jedermann verteidigte.

Im großen Garten hatte er genügend Platz um sich auszutoben und sein tägliches Futter war vom Besten.

Streicheleinheiten bekam er von seinem Frauchen Edeltrud zu jeder Tageszeit.Man kann also feststellen: Felix führte ein komfortables und herrliches Hundeleben vom Feinsten. Er war frei von allen Sorgen und Nöten!

Vor einem Tag, oder besser gesagt, vor einer Nacht im Jahr fürchtete er sich und hatte eine große Angst davor: Silvester mit seinen Krachern und Raketen!Das war nichts für seine Dackelohren und beim ersten lauten Knall hätte er am liebsten die Flucht ergriffen, aber er wusste nicht wohin.Er konnte dem bestialischen Lärm nicht entfliehen.

So war der letzte Silvester wieder einmal eine Tortur für Ihn.

Hans und Edeltrud bestaunten indessen das gewaltige Feuerwerk und ließen Felix im Haus zurück, damit er dort einigermaßen geschützt war vor dem Inferno.Als sie dann nach Mitternacht wieder zurück ins Haus gingen, war Felix, trotz eifrigen Rufens, nicht aufzufinden.

„Felix wo bist du, komm zu Frauchen" erklang es im ganzen Haus.Felix aber tauchte nicht auf und blieb, verschwunden.

„Wo wird er bloß hin sein?" fragte Hans seine liebe Edeltrud, die vorwurfsvoll antwortete" Wir hätten ihn nicht allein im Haus zurücklassen dürfen!"

Das Ehepaar legte sich ins Bett und konnte vor Aufregung und Sorge nicht einschlafen.Am nächsten Morgen befragten sie ihre Nachbarn ob dort Felix aufgetaucht sei.

Leider Fehlanzeige!

Im Haus hatten sie alle Räume inclusive Speicher und Sauna im Keller bis in den letzten Winkel durchsucht.Rein zufällig ging Hans in das ehemalige Zimmer ihrer Kinder, die längst eine eigene Familie gegründet hatten und hörte dort plötzlich merkwürdige Kratzgeräusche , die aus Richtung der Hammondorgel kamen, die dort zurück geblieben war .

Als Hans sich bückte, wurden die Geräusche stärker und er blickte durch die Aussparung des Pedals ins Innere der Orgel.Dort erblickte er die Vorderpfoten von Felix, mit denen er ohne Unterlass versuchte sich aus seinem Gefängnis zu befreien.

Aber das Pedal versperrte den Ausgang!

Eilig schraubte Hans die Vorderwand der Hammondorgel ab und Felix sprang winselnd aus seinem Verließ und leckte seinem Herrchen aus Dankbarkeit die Hände ab.

Edeltrud verständigte die Nachbarn und alle feierten am Neujahrstag die wunderbare Rettung ihres Lieblings Felix mit dem sie noch viele schöne Jahre verbringen durften.

20. Kapitel

Felix der Allesfresser

Felix ist uns aus dem vorhergehenden Kapitel schon bekannt Deshalb brauche ich ihn nicht mehr besonders vorstellen.Allerdings hatte er eine Unart, die ihm fast das Leben gekostet hätte, wenn der Tierarzt nicht bemüht worden wäre.

Felix, der beim Essen immer unter dem Tisch saß, beobachtete ganz genau ob nicht für ihn dabei etwas abfiel.Sobald einen kleines Stück vom Tisch fiel, schnappte er es und verschlang es ohne zu prüfen was es war.

So konnten auch kleine Knochen vom Hähnchen oder auch Kräten in seinen Verdauungsapparat gelangen, die ihm größte Probleme bereiteten.Als zufällig ein Pfirsichkern vom Tisch rollte, war dieser in Sekundenschnelle im Fang von Felix verschwunden.Ein solcher Kern mit seinen scharfen Kanten war eine echte

Gefahr!Alles Würgen brachte den Kern nicht mehr heraus aus unserem Felix.

Der Tierarzt spritzte ihm ein „Kotzmittel" wie es sein Herrchen nannte.Nach einem längeren Sparziergang kam der Pfirsichkern, Gott sei gedankt, wieder zum Vorschein.

Der nächste Akt fand bei einem Besuch der Enkel statt, die mit einer Plasticmaus spielten.Kaum hatte Felix diese erspäht, so hatte er sie schon gefressen.

Na denn guten Appetit!

Auch hier brachte das schon bekannte „Kotzmittel" den erhofften Erfolg.

Als Frauchen Edeltrud eines Morgens ihre Nylonsocken anziehen wollte, viel einer vom Stuhl, direkt Felix vor die Schnauze.Reflexartig packte Felix den Strumpf, kaute ihn kräftig durch und schluckte ihn komplett hinunter.Frauchen war schockiert und rief ihren Mann zu Hilfe.

„Felix muss sofort zum Tierarzt, er hat einen Strumpf aus Polyamid und Elastan verschluckt, alles Kunststoffe, die nie mehr auf natürlichen Weg seinen Körper verlassen werden." stellte ihr Mann fest und fuhren mit ihm sofort zum Tierarzt.

„Diesmal wird ein Mittel, dass ihn zum Würgen bringt, nicht mehr helfen. Ihr Hund schwebt in Lebensgefahr und muss schnellstens operiert werden, eine Garantie kann ich Ihnen leider nicht geben." stellte der Tierarzt fest.

Edeltrud konnte die Tränen nicht mehr zurückhalten und machte sich Vorwürfe. Es war ja ihr Strumpf, den sie hatte fallen lassen.Edeltrud als gläubige Christin, ging zu einer nah gelegenen Kapelle und betete dort zehn Vaterunser und bat Gott das er Felix retten möge.

Nach zwei Stunden erhielten sie den Anruf aus der Tierklinik, dass Felix es überstanden hat und wohlauf ist.

Der Strumpf, oder was von ihm noch übrig war, wurde als mahnende Erinnerung im Wohnzimmer an die Wand befestigt.Immer wenn Felix wieder übermütig wurde, haben ihn Hans und Edeltrud den Strumpf gezeigt.

Wie zu hören war, hatte es auch Erfolg ....aber nicht immer!

21. Kapitel

Wer sucht der findet.

Ehepaar Maier lebte in einem kleinen, liebevoll renovierten Bauernhaus am Waldrand.

Neben der kleinen Tochter Klara, lebte auch noch der Weimaraner-Rüde Nero in der Familie.Nero war ein sehr verträglicher Hund und hatte eine stattliche Größe, die beeindruckte.Er hatte in der Hundeschule alle Fähigkeiten gelernt, die man für ein gutes Hundeleben benötigt.

Dabei wurde deutlich, dass er eine gute Nase hatte und von daher für die Suche sehr geeignet war.Herr Maier beschloss deshalb diese Veranlagung durch Training noch zu intensivieren.

Als Nichtjäger legte er Schleppen mit Kleidungsstücken und Ähnlichem.Wenn er mit ihm spazieren ging, ließ er ihn regelmäßig Tennisbälle suchen und apportieren.Nach einem solchem Sparziergang mit zahlreichen Apportiervorgängen, kam er an sein, am Feldrand abgestelltem Auto zurück. Dort bemerkte er, dass sein Autoschlüssel fehlte.

„Mein Güte, den habe ich sicherlich beim Werfen des Tennisballes aus der Tasche gezogen und am Feldrand verloren." dachte er.

Hund und Herrchen gingen also zurück zum letzten Wurfplatz und Nero erhielt den Befehl „Such verloren apport"Nero begann sofort eine Quersuche in dem gesamten Bereich und nach kurzer Suche brachte er den Autoschlüssel im Fang zu seinem Herrchen.Das war eine tolle Leistung und Nero bekam in der Familie volle Anerkennung von allen.

Auch in den nächsten Wochen wurde er bei Verlust von Gegenständen erfolgreich zur Suche eingesetzt.

An einem schönen Sommertag spielte die kleine Klara im Garten und auf dem Hof, der direkt am Waldrand lag.

Zur Mittagszeit rief ihre Mutter sie zum Essen. Klara aber kam nicht ins Haus und die Mutter suchte im Hof und im Garten nach der Kleinen.

Leider vergeblich!

Nun wurden alle unruhig und begannen verzweifelt nach ihr zu suchen.Da kam Herrn Maier die Idee den guten Nero mit seiner hervorragenden Nase in die Suche einzubinden.Hierzu bekam er einen von Klara getragenen Strumpf als Geruchsprobe.

Nachdem Nero den Strumpf ausgiebig beschnuppert hatte, erhielt er von Herrn Maier das Kommando zum Suchen.Nero zögerte nicht lange und suchte den gesamten Garten zunächst ab und dann den Hof.Dort lief er mit tiefer Nase aus der geöffneten Türe in Richtung Wald.Die Suche wurde immer intensiver, sodass Herr Maier ihm kaum folgen konnte und er verlor den Sichtkontakt zum Hund.In diesem Augenblick hörte er den Standlaut von Nero und er eilte in diese Richtung.

Nach kurzer Entfernung sah er Nero, wie er vor der kleinen Klara stand und mit der Rute vor lauter Freude wedelte.

„Klara was machst du für Sachen"? sagte Herr Maier und nahm das kleine Mädchen in seine Arme.„Ach ich wollte nur Rotkäppchen spielen aber ich habe den Weg nicht mehr gefunden." antwortete sie mit weinerlicher Stimme.

Nero aber war der Held des Tages, bekam eine Sonderration seiner Lieblingswurst und wurde von allen Einwohnern des kleinen Dorfes bewundert und gelobt.

22.Kapitel

Treue bis an das Ende der Tage.

Es war in einem kleinen Dorf in den Alpen.

Bauer Moser hatte zum 65. Geburtstag von seinem Nachbarn einen süßen Welpen, eine Mischung aus Schäferhund und Dobermann, geschenkt bekommen.Er bekam von der Hausherrin den Namen Bello und es stellte sich sehr schnell heraus, dass es sich um einen sehr gelehrigen Hund handelte.

Apell und Gehorsam hatte er schnell gelernt und darüber hinaus entwickelte er sich zu einem wachsamen Hofhund, der jeden Fremden in seine Schranken verwies.

Aber auch für die praktische Arbeit, wie zum Beispiel die Rinder abends in den Stall zu treiben, war er sehr brauchbar.Durch die tägliche Arbeit auf dem Bauernhof entwickelte sich ein sehr inniges Verhältnis zwischen Bello und dem Ehepaar Moser.Da sie kinderlos waren, wurde Bello im Laufe der Zeit zu einem Art "Kinderersatz", sodass ihm eine liebevolle Zuwendung zu Teil wurde.So hätte es noch viele Jahre weitergehen können, wenn nicht das Schicksal mit einem Schlag alles verändert hätte.

An einem Abend im November war etwas Schnee gefallen und die Straßen wurden glatt.Frau Moser und ihr Mann hatten im nah gelegen Städtchen Besorgungen gemacht und waren auf dem Heimweg.In einer Kurve am Ausgang des Waldes kam ihnen ein Lastwagen entgegengerutscht und es kam zu einem Zusammenstoß der beiden Fahrzeuge.

Die herbeigerufene Feuerwehr musste das Ehepaar Moser mit einer Rettungsschere aus ihrem völlig demolierten PKW befreien.Der Notarzt, der sehr schnell am Unfallort war, konnte leider nur noch den Tod von Frau Moser feststellen. Ihr Mann kam mit leichten Verletzungen ins

Krankenhaus. Bello, der instinktiv spürte dass etwas passiert war, wurde bis zur Beerdigung vom Nachbarn betreut.

Bewohner des Ortes berichten, das während der Beerdigung, Bello am Zaun des Friedhofes stand und mit leichtem Winseln die Zeremonie am Grab beobachtete.

Bauer Moser war durch diesen Schicksalsschlag völlig verändert. Er war nicht in der Lage diesem schweren Schicksalsschlag etwas entgegen zu setzen und wurde jeden Tag apathischer.

Bello suchte noch längere Zeit nach seinem Frauchen und folgte abends dem Bauer auf den Friedhof und legte sich vor das frische Grab!

Alleine konnte Bauer Moser die anstehenden Arbeiten auf dem Bauernhof nicht leisten.Ein Cousin, der im Nachbarort lebte, half ihm stundenweise.

Bello beobachtete seinen Herrn und folgte ihm auf Schritt und Tritt um ihm zu zeigen, dass er für ihn da ist. Bauer Moser verzweifelte aber immer mehr und sah keine Perspektive mehr für sein Leben. Eines Nachts stand er auf, ging ins Bad und erschoss sich aus lauter Verzweiflung mit seinem Jagdgewehr.

Als am nächsten Tag der Briefträger ins Haus kam, wurde er von Bello empfangen, der ihn winselnd ins Badezimmer dirigierte und sich vor seinen toten Herrn legte. Bauer Moser wurde neben seine Ehefrau beerdigt. Bello wurde vom Nachbarbauer aufgenommen, verschwand aber immer gegen Abend und legte sich winselnd vor das Grab von Frauchen und Herrchen.Bello verweigerte jegliche Nahrungsaufnahme und wurde immer schwächer.Eines Morgens fanden ihn Friedhofsbesucher verendet auf dem Grab von Ehepaar Moser liegen.

„Treue bis ans Ende der Tage!"

23. Kapitel

Dackel mit Sprachkenntnissen.

Assi vom Herzogspfad kam im Jagdhaus Kehrwieder auf die Welt und war von Anfang an eine sehr gelehrige Hündin. Einmal etwas erklärt und eingeübt, blieb für alle Zeiten bei ihr haften.

Als Stöber- und Bauhund hatte sie sich einen hervorragenden Namen erworben.Bei allen Dingen, die sie verrichtete, behielt sie stets ihren Führer im Auge und konnte an der Mimik sowie den Gesten schon ablesen, was er von ihr wollte.

Kurzes Kopfschütteln bedeutete ein „Nein" für sie oder die erhobene flache Hand war ein Zeichen für das Ablegen.Diese und viele andere Kommandos wurden dann sprachlich verknüpft.

Durch zahlreiche solcher Übungen erlernte sie immer mehr die menschliche Sprache.Wenn nach dem morgendlichen

Frühstück zum Beispiel Herrchen sein Frauchen fragte: „Wohin gehen wir heute?" sprang Assi unter dem Tisch hervor und lief in den Flur um dort vor der Hundeleine auf den Aufbruch zum morgendlichen Revierbegang zu warten.

Eine beiläufige Bemerkung wie zum Beispiel: „ Vergiss deinen Hut nicht, es regnet", löste die gleiche Reaktion aus.Wenn es hieß „Wo ist unsere Tochter?" dann eilte Assi in Richtung Kinderzimmer und wollte dort hinein.

Bei Besuchern, mit denen man längere Zeit am Tisch beim Wein zusammen gesessen hatte, stürmte die Hündin bei der Frage „ Wollt ihr schon gehen"? zur Haustüre um die Gäste zu verabschieden.Wenn nach dem Mittagessen das Wort „Zeitung" erklang dann apportierte sie die Zeitung ohne ein weiteres Kommando.

Wenn zwischen Herrchen und Frauchen sich ein Streitgespräch entwickelt, dann äugte sie zwischen beiden hin und her, bis sie sich für eine Person entschied und sich vor ihre Füße legte um sie zu unterstützen.Am Abend wenn die Spätnachrichten im Fernsehen vorbei waren und die Frage von Frauchen gestellt wurde: „Gehen wir schlafen?" dann eilte Assi in die Küche und verschwand in ihrem Körbchen.

Man könnte die Liste der sprachlichen Eignung der schlauen Dackelhündin Assi noch beliebig erweitern und man sollte alles in einem Sprachbuch mit dem Titel „Mein Hund kann Sprache." festhalten.

Konklusion

„Ist der Hund auch nur ein Mensch, aber der Bessere?", das war die Frage auf dem Cover.

Jeder Leser und Hundeliebhaber wird diese, etwas provokative Frage, aus seiner Sicht unterschiedlich beantworten.Ich werde versuchen einige Antworten zu geben, die ich in Jahrzehnten der Hundehaltung in Erfahrung bringen konnte.

1. Unsere Hunde sind sehr treue Wesen und dies ohne Vorbehalte oder Bedingungen.

Beim Mensch werden an die Treue oft Bedingungen geknüpft; wenn du das tust, dann werde ich usw.

Wenn ein Hund sich für sein Frauchen oder Herrchen entschieden hat, dann gilt dies fürs Leben.Bei einer Scheidungsrate von ca. 30 % sieht das beim Menschen schon deutlich anders aus!

2. Der Hund akzeptiert seinen Führer/-in und ordnet sich ihnen unter. Auf ihn ist deshalb Verlass und man wird ganz selten enttäuscht.

Beim Menschen hingegen ist die Akzeptanz sehr abhängig von verschiedenen Faktoren und wechselt häufig.Nun gut, wir sind mit einem Verstand ausgestattet, der alles hinterfragt und überprüft.

3. Unsere Hunde zeichnen sich durch eine hohe Zuverlässigkeit aus, die natürlich vom Menschen gefördert werden muss.

So wird ein Hütehund auch das letzte Schaf zur Herde treiben und ein Schutzhund wird seine Schutzbefohlenen bis zur Selbstaufgabe verteidigen!

Können wir diese Eigenschaft auch beim Menschen mit dieser Konsequenz feststellen in unserer heutigen, schnelllebigen Zeit?

Bei allen weiteren positiven Vergleichen, die wir noch anstellen und finden könnten, müssen wir festhalten:

Der Hund ist ein Tier, dem sollten wir bei der Zucht, der Haltung und Führung unbedingt Rechnung tragen!

Die heutige Vermenschlichung unserer Hunde bedeutet oft Leid für sie.So ist die Zwergenzucht, die Welpen meist nur noch durch Kaiserschnitt auf die Welt kommen lässt, oft auch eine Qualzucht.

Wenn dann diese kleinen Tiere nur noch in einer Designertasche befördert werden oder behangen mit Mützchen und Mäntelchen, ihr Leben fristen, dann ist eine Grenze überschritten!

Werden dann noch Hunde mit menschenähnlichem Kopf, kurzer Schnauze, hoher Stirn und Augen die schräg nach außen stehen, gezüchtet, dann ist der Tierschutz gefragt!

Das sind dann arme Wesen, die durch Atembeschwerden etc. bei der geringsten Belastung kollabieren.

Die Rassezucht hat bei Hunden viele wesensstarke, begabte und brauchbare Hunde hervorgebracht, die in der Hausgemeinschaft mit dem Menschen ihren Platz gefunden haben.

Bitte aber nicht vergessen: Der Hund stammt ursprünglich vom Wolf ab!

Der Autor engagierte sich viele Jahre in der Führung eines Landesverbandes im Deutschen Teckelklub und war auch als Ausbilder tätig.

Ein Leben ohne Hund ist für ihn unvorstellbar.